우엉이와
오니기리의
말랑한
하루

KB192104

우엉이와 오니기리의
말랑한 하루

초판 1쇄 인쇄 2019년 7월 26일
초판 1쇄 발행 2019년 8월 19일

지은이 배현선
펴낸이 이범상
펴낸곳 ㈜비전비엔피 · 이덴슬리벨

기획편집 이경원 유지현 김승희 조은아 박주은
디자인 김은주 이상재
마케팅 한상철 이성호 최은석
전자책 김성화 김희정 이병준
관리 이다정

주소 우) 04034 서울시 마포구 잔다리로7길 12 (서교동)
전화 02)338-2411 **팩스** 02)338-2413
홈페이지 www.visionbp.co.kr
이메일 visioncorea@naver.com
원고투고 editor@visionbp.co.kr
인스타그램 www.instagram.com/visioncorea
포스트 post.naver.com/visioncorea

등록번호 제2009-000096호

ISBN 979-11-88053-66-7 03810

이 도서의 국립중앙도서관 출판예정도서목록(CIP)은 서지정보유통지원시스템 홈페이지(http://seoji.nl.go.kr)와
국가자료공동목록시스템(http://www.nl.go.kr/kolisnet)에서 이용하실 수 있습니다.(CIP제어번호:CIP2019028695)

두 고양이와 집사의 공감 일상툰

우엉이와 오니기리의 말랑한 하루

글, 그림 배현선

이덴슬리벨

Chapter 2

한껏 무심하고
한없이 다정한

Chapter 3

우엉이와 오니기리, 함께한다는 것

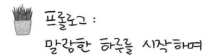

프롤로그 :
말랑한 하루를 시작하며

지금 내 곁에는 보송한 털로 뒤덮인 부드러운 배를 드러내며 편안하게 낮잠을 청하고 있는 두 마리의 고양이가 있다. '어쩜 이렇게 사랑스러운 걸까?' 잠든 얼굴을 가만히 바라보다 든 생각이다. 실은 자주, 아니 매일 하는 소리다. 둥그런 엉덩이를 통통 두드리며 하루에도 수십 번씩 "정말 귀엽다, 귀여워!"라고 말한다. 이 고양이들을 어떻게 사랑하지 않을 수 있을까. 곁에 있어주기만 해도 마음이 따뜻하게 녹아내리는 것 같다. 특별히 무언가를 하지 않아도 나의 고양이들, 우엉이와 오니기리는 언제나 존재만으로도 행복과 위로를 전해준다.

그저 좋아서 우엉이, 오니기리와 함께하는 일상을 기록하고 싶어서, 그 순간들을 붙들어다 그림으로 일기로 남겨두었다. 해야만 하는 일이라거나 누군가 시켜서 하는 일이 아닌 순수하게 마음이 이끈 행동이었다. 그림을 그리는 일을 업으로 삼은 이래로 가장 많이 그린 것이 바로 고양이, 내 고양이들이다. 일일이 세어보진 않았지만 적어도 수십 권의 노트와 수천 장의 종이를 우엉이와 오니기리로 채워 넣었을 것이다. 아침에 일어나면 세수를 하고, 점심에는 밥을 먹고, 밤에는 잠을 자는 익숙한 일상처럼, 우엉이와 오니기리를 관찰하고 끄적이는 일은 점차 몸에 깊숙이 배어갔다. 고양이도 사람과 마찬가지로 저마다 고유한 개성을 지니고 있는데, 가만히 들여다보면 외형도 성격도 성향도 그야말로 가지각색이다. 하지만 자연스럽게 내겐 우엉이와 오니기리가 '고양이'의 기준이 되었고, 그림에도 자연히 그것이 드러나게 되었다. 예술가들에겐 소위 '뮤즈'란 것이 있는데, 나의 뮤즈를 꼽으라면 단연코 우엉이, 오니기리다. 이 사실은 앞으로도 변함없을 것이다.

2년 전, 그간 그려왔던 우엉이와 오니기리의 그림을 정리해《우엉과 오니기리》라는 독립출판물을 만들었다. 내 손으로 직접 엮어낸 책을 선보이는 일은 처음이었다. 그만큼 가장 아끼고 애정을 쏟은, 세상에 꼭 보여주고 싶은 그림이었다. 처음이 다 그렇듯 어설프고 얇디얇은 책이었지만 그때의 기쁨은 이루 말할 수 없을 정도였다. 그 뒤로 우엉이와 오니기리의 다음 이야기를 고민하던 중, 좋은 인연이 닿아 더 많은 분들에게 더 풍성한 내용을 보여드릴 수 있게 되었다. 일여 년의 시간 동안 다듬고 덧붙여 전보다 더욱 다양하고 내밀한(?) 이야기를 담고자 했다. 그런 의미에서 《우엉이와 오니기리의 말랑한 하루》는 끝이 아닌 진정한 시작이라 할 수 있을 것이다. 이 책이 부디 따스함이 전해지는, 오래도록 지니고픈 책이 되었으면 좋겠다.

이 두 고양이와 나의 만남은 실로 기적 같은 일이라고 밖에 설명할 길이 없다. 우리가 이렇게 매일 살을 맞대고 살아가는 가족이 될 줄, 지난날의 우리가 어렴풋이라도 알 수 있었을까? 이 책을 보시는 분들의 곁에도 당신만의 우엉이, 오니기리가 함께하기를 진심으로 바란다.

Chapter 1

이렇게 일상에
고양이가 스며들다

✎ 소개

우엉

2013년생. 수컷 (이었다.)
어딘가 '우엉'한 느낌의 외모 탓에
이름이 우엉이가 되었다.
취미는 바닥에서 뒹굴기, 엄마
아빠 주변을 맴돌기.
귀엽고 독특한 (?) 외모에 엉뚱한 성격으로
주위 사람들에게 인기를 독차지하고 있다.
좋아하는 것은 맛있는 모든 것, 기댈 수
있는 장소, 비닐 핥기. 싫어하는 것은
엉덩이 만지기, 누군가 귀찮게 하는 것.

오니기리

2014년생. 스트릿 출신.
마찬가지로 수컷 (이었다.)
김밥과 오니기리 중 발음이 쉽다는 이유로
오니기리가 되었다. 매우 순하고 애교
넘치는 사랑둥이 막내.
취미는 창밖 구경, 일광욕, 엄마아빠
한테 놀아달라고 조르기.
좋아하는 것은 따뜻하고 포근한 것들,
장난감, 엄마 아빠와 우엉 형아.
싫어하는 것은 낯선 사람, 낯선 장소,
청소기.

현선 (나)

우엉기리의 엄마이자 친구.
(이자 때때로 집사.)
우엉기리 성대모사가 가능함.
고양이 예찬론자.

운

우엉기리의 아빠.
실질적 고양이 서열 1위.
(안 돼, 어허! 한마디면
상황 종료.)
오니기리와 대화가 가능함.
의외로 귀여운 것에
약한 모습을 보인다.

🐾 생김새

귀 끝의 검은 털

채도 낮은
노란 눈.
억울한 눈매.

둥글넓적
큰 얼굴

턱이 하나 더

회색빛 털.
푹신푹신~

짧고 통통한 몸.

꼬리 끝
태비 무늬

뾰족하고 큰 귀

한쪽에만 있는
눈썹

연두 + 청록
빛깔 눈

날씬한 체형.

대칭에
가까운
턱시도

얇고 긴
꼬리

하얀 발

❤️ 너는 누구니

오니기리가 처음 우리 집에 왔을 땐
1kg이 채 되지 않는 작디작은 고양이였다.

?

뭐지..
이 작고 검은 건..?

깍~   까악~   우느라
         쉰 목소리

← 비쩍 마른 몸.
(우엉이 얼굴만 함.)

갓난아기 시절을 제외하곤 다른 고양이를
처음 만나는 우엉이.

무관심-

아유
너무 작아..

그래서일까, 우엉이는 오니기리가 자기와
같은 고양이라는 인식이 없는 듯했다.

꽁은 ..

꼭 우엉이에게
붙어 있으려고 함.

??

무가 있나..?

찰싹

팔 베고 있음.

다행히도 조금은 둔한(?) 형 덕에
아기 오니기리는 자연스럽게 스며들어
가족이 되었다.

여기는 어디지?

으음? 이 까만 애는 뭘까?

날 좀 봐줘

나는 원래 내성적이고 조용한 편이다.

← 그리고
집순이

하지만 이건 내가 우엉가리 앞에선
전혀 다른 사람이 된다.

이상하게도 반응이 심드렁할수록
나는 더욱 열심히 관심을 유도했다.

우엉이와 오니기리에게만큼은
누구보다 외향적인 나였다.

✨ 밥 주세요

우엉기리는 한 번에 먹는 양이 적어서
자연스레 자율 급식을 하고 있다.

밥이 없다..!

저녁이 되어 밥그릇이 비면,

어김없이 우영이의 칭얼거림이 시작된다.

심지어 사람처럼 내 어깨를
툭툭 치며 분재기까지 한다.

(가끔은 이런 느낌일 때도...)

하지만 식탐이 전혀 없는 오나기리는,

앗..!

훽

빠까 부르면 마성의 간식 츄르조차
거부하는 완강한 면모를 지녔다.

밥은 밥이요,

물은 물이로다..

헝

헝

─ 식탐을 부려 무엇하리 ─

이럴 땐 정말 해탈의 경지에 오른
고양이가 아닐까 싶다.

아, 정말 맛있었어!

어휴, 형아는 정말 못 말려.

~~ 꾹꾹이

우엉이와는 달리 오나기는 처음에
꾹꾹이를 전혀 할 줄 몰랐다.
어릴때 엄마 젖을 못 먹어봐서 그런 건
아닐까 싶어 안쓰럽게 느껴졌다.

그러던 어느 날, 두 살이 넘은 무렵에,

너무나 갑자기 꾹꾹이를 하기 시작했다.
(우영이를 보고 배운 것 같았다.)

게다가 뒤늦게 배운 만큼
그 열정이 실로 대단했다.

오니기리는 오늘도 꾹꾹이 삼매경!

식사 습관

신기하게도 우엉이와 오니기리는
밥 먹는 모습조차 참 다르다.

냠냠   냠 냠냠

우리 아가들~
맛있게 먹어~

오니기리는 천천히 꼭꼭 씹어 먹고,
아주 깔끔하게 먹는다.

마치 미슐랭 3스타 레스토랑에서
식사를 하는 것만 같다.

그리고 우엉이는 …

급히 먹고, 사방팔방 흘리며,
씹지 않고 삼켜버리는 경향이 있다.

편의점 한편에 서서 1분만에
컵라면을 들이키는 모습 같달까..

(좀 아재스럽기도..ㅇ)

식사를 즐기는 방법도 개성대로 ~

음..
낯설다..

뽀뽀

예전엔 반려동물과 뽀뽀하는
것을 어색하게 생각했던 나.

꼬과악

그건 내가 우엉기리를 만나고
180도 달라졌다.

귀여워~
빤빤~

적음함

이렇게 귀여우니, 뽀뽀를 안 하려야
안 할 수가 없다.

도저히 참을 수 없는 마약 같은 것.
한번 시작하면 절대 멈출 수 없다!

엄마가 또 뽀뽀했어...

꼭꼭 숨지 그랬어, 형아.

⌒⌒ 잠버릇

오니기리는 가끔 자면서
잠꼬대를 할 때가 있다.

웅찔

부르르

몸을 경련 일으키듯 떨기도 하고,

깜짝이야..

!ㅑ아아..

오니기리야..
괜찮아..?

무언가 말을 하기도 한다.

심지어 흰자위만 보일 때도 있다.
대체 무슨 꿈을 꾸기에 그런 걸까.
어릴 적 길 시절의 악몽은 아닐까?

안 돼,
안 돼~
~!!

늘 행복한 꿈만 꾸었으면 좋겠다.
너의 나쁜 기억은 영원히 저 너머로 사라지기를~

띠용! 주먹밥 완성!

엄마, 나 10분만 더 잘래요.

네가 이겼어

승자는 언제나 우엉기리.

목청 좋은 고양이

만약에 고양이 세상에 목청 크기를
겨루는 대회가 있다면...

아마 오나리가 (조금 과장을 보태)
3위 안에는 들지 않을까?

알도 많고 목청도 좋은 오니기리는
특히 이럴 때 나를 깜짝 놀라게 한다.

저적령

으-ㄱ
으-ㅏ
샥

저적령

약을 먹다가
목에 걸렸음.

투욱

사료나 간식, 약 같은 것을 먹다가 목에
걸리면 오니기리는 캑캑거리는 소리 대신,
말 그대로 돼지 멱따는 소리를 내버린다.

얘는 목소리가 작음.

우엉이의 목소리가 1 이라면, 오니기리는
단연코 10레벨쯤 된다고 할 수 있다.

어찌 되었든 그저 나에겐 오니기리의
커다란 목청마저 한없이 곱게만 들린다.

∿ 내 거는?

내가 (사람용) 통조림을 뜰 때마다,

우엉이는 자기 캔인 줄 안다. 그리고..

식탁 앞에서 처량한 눈초리로
쳐다보는 것도 잊지 않는다.

쩝쩝, 이제 좀 배불러.

나만 빼놓고 뭐 먹어?

✎ 수염

"   "

댕글~

마치 얇은 플라스틱 같은
고양이들의 수염.

딱 좋아!

뜨디 디   디 딧

뜨디   윙윙~

수염은 몸의 평형 유지를 돕거나
공간을 가늠하기도 하는 등 여러
역할을 알고 있다.

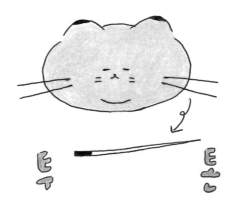

우엉거리를 비교해보면,
우엉이는 수염 안쪽이 까맣고

오니기리는 전체 다 하얗다.

수욱~

청소를 하다 우엉가리의 수염을 발견하면,
그때마다 하나둘 주워 따로 모아둔다.

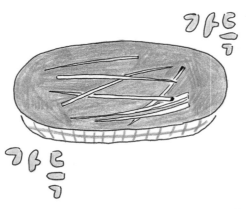

가득

가득

고양이의 수염은 행운을 상징한다고
하던데, 우엉가리의 수염도 내게
행운을 가져다줄까?

엄마, 우리 수염 왜 모아?

꾸깃

꾸깃

빈틈

없음

주르륵…

고양이는 진정 이 오드는 것이 가능하다.

🐾 같이 셀카 찍기

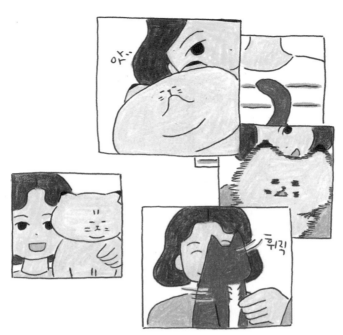

사진첩에는 온통 나만 행복해 보이는 사진들뿐..
그래도 아무렴 어떤가, 함께여서 좋은걸.

고양이니까 1

뚜껑은 늘 닫아놓음.

고양이들은 가끔씩 이해할 수 없는
행동을 한다. 가령 내가 화장실에서
손을 씻으려 할 때면,

굳이 세면대로 올라와 몸을 비빈다.

그리고 우엉이는 어떨 때엔,

종종

종종종

갑자기 앉아서 졸기까지..!

고양이는 그냥 고양이니까!
그저 받아들이면 될 뿐이다.

오니기리가 어디 갔지?

나 여기 있지롱~!

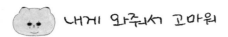 내게 와줘서 고마워

낯선 주소가 적힌 종이쪽지를 손에 꼭 쥐고 설렘 가득한 발걸음을 옮기는 나와 훈. 지금 가려는 곳에 나의 고양이 '우엉이'가 있다.

이미 고양이와 함께 살고 있는 친구의 소개로 알게 된 사진 속 아기 고양이는 그야말로 귀여움 자체였다. 실제로 만나보기도 전에 마음을 빼앗겨버린 우리는 둥그런 얼굴에 커다란 눈, 어딘가 아방한(?) 모습의 아기 고양이에게 이미 우엉이라는 이름까지 붙여준 뒤였다.

띵-동. 드디어 문이 열렸다. 연노란 털색에 근엄하고 진지한 표정을 하고 있는 아빠 고양이와 은빛 털의 태비 무늬를 가진 도도한 인상의 엄마 고양이, 낯선 방문객에 신이 난 강아지와 함께 영문도 모른 채 뛰어다니기 바쁜 우엉이가 있었다. 우엉이는 엄마, 아빠 고양이의 털색이 섞여 한층 어두운 회색빛인 데다 고작 주먹 두세 개 정도 크기일 정도로 체구가 작아 언뜻 보면 나풀거리며 굴러다니는 커다란 먼지처럼 보이기도 했다. 납작한 얼굴에 커다랗고 처진 눈망울은 어쩐지 억울해 보였고, 이마는 살짝 볼록해 마치 혹이 난 것 같았다.

우리가 이런저런 대화를 나누는 사이 우엉이는 태평하게 엄마, 아빠 고양이의 사료를 빼앗아 먹고, 아빠 고양이를 툭툭 건드려댔다. 심지어 내가 메고 온 에코백에 들어가기까지 했다. 그 사랑스러운 모습에 우리는 모두 웃음이 터지고야 말았다. 이것이 나와 우엉이의 첫 만남이었다. 그리고 이날, 나는 우엉이와 평생 가족이 되기로 결심했다.

우엉이는 5남매의 막내로 태어났다고 했다. 우엉이의 누나, 형은 모두 입양을 갔고 우엉이만 엄마, 아빠와 함께 마지막까지 남아 있었다. '아니, 어째서일까? 이렇게나 귀여운데!' 친구가 보내준 두어 장의 우엉이 사진이 전부였지만, 나는 고양이를 입양하고자 마음먹은 그 순간 이후 처음부터 끝까지 오로지 우엉이 하나뿐이었다. 다른 고양이들은 찾아

볼 시도도 생각도 하지 않고 한 번의 만남으로 우리의 운명은 그렇게 쉽게 결정이 났다. 인생이란 본디 찰나의 선택, 타이밍 아니겠는가. 그리고 이 선택보다 중요한 것은 그에 대한 책임감이라 생각한다. 그러니 내가 오니기리와의 첫 만남에서 훨씬 더 신중해지고, 많은 고민을 한 것은 당연한 일이었다.

나는 아직도 그날의 일이 놀랍도록 생생하게 떠오른다. 2014년 9월 14일, 일요일 저녁이었다. 나와 훈, 그리고 친구까지 셋이서 동네의 공원을 산책하고 돌아가는 길이었다. 지하철 출구 바로 옆에서 "까악까악-" 하는 기괴한 소리가 들려왔다. 가까이 걸어가보니, 역무원 아저씨가 곤란한 얼굴을 하며 뭔가를 휙 내려놓고 있었다. 그 '까아아악-' 소리를 내던 정체불명의 생명체는 이제 우리 발밑을 향해 달려왔다. 커다란 귀에 까맣고 비쩍 마른, 꼬리가 긴 아기 고양이였다. 순간 쥐로 착각할 만한 모습이었다. 역무원 아저씨는 이 새끼 고양이가 자꾸만 지하철역으로 내려와 벌써 몇 번이나 내다 놓는 중이라며 한숨을 쉬셨다.

엄마를 잃어버린 걸까? 그러기에는 젖을 못 뗀 정도로 어려 보이지는 않았다. 대체 어찌 된 영문인지 채 파악을 할 새도 없었다. 아기 고양이는 불빛이나 사람만 보면 그쪽을 향해 정신없이 다가갔다. 지하철역 바로 옆은 6차선 도로였고, 이 고양이는 그때처럼 어두컴컴한 시간에는 제대로 보이지도 않을 정도로 검고 작았다. 그대로 두기에는 너무 위험한 상황이었다. 갑작스러운 일에 우리 셋은 당황해서 어쩔 줄 몰랐지만, 일단 신발에 달라붙다시피 한 이 아기 고양이를 데려가기로 마음먹었다. 이 녀석은 잠시라도 내려놓을라치면, 쉰 목소리로 울어대며 우리에게 달려왔다. 지나가던 모르는 사람이 이 장면을 보았다면 마치 우리가 고양이를 유기라도 하는 줄 알았을 것이다. 우리 셋은 번갈아가며 아기 고양이를 품에 안고 한달음에 내가 사는 건물 앞까지 도착했다.

당시 나는 원룸 오피스텔에서 살고 있었기에 곧바로 집으로 들어가지 못하고 혼란스러운 마음으로 현실적인 문제들을 짚어보기 시작했다. '이 아기 고양이한테 전염병이라도 있으면 어떡하지? 우엉이가 이 아이 때문에 스트레스를 받으면 어쩌지? 앞으로 얘를 어떻게 해야 하지?' 머릿속이 점점 복잡해질 즈음, 설상가상으로 아기 고양이의 울음소리에 동네 길냥이들이 하나둘 몰려들었다. 내 품에 애처롭게 안겨 있는 아기 고양이와 눈이 마주치니, 이제 더 이상은 지체할 수가 없었다. '에라, 모르겠다! 어떻게든 다 해결할 수 있을 거야.'

우리는 조심스레 아기 고양이를 안고 집으로 들어와 우선 화장실로 직행했다. 따뜻한 물수건으로 대강 몸을 닦았다. 그리고 사료와 물을 주니, 그제야 울음을 멈추었다. 아기 고양이는 허겁지겁 밥을 먹어치웠고, 식사가 끝나자 친구의 품으로 파고들어 곤히 잠이 들었다. 우엉이는 다행스럽게도 우엉이답다고나 할까, 이전과 달라진 점을 전혀 눈치채지 못한 것 같았다. 아니, 전혀 신경도 쓰지 않는 듯했다. '뭐가 있나?' 정도의 반응이었다. 우습지만 우엉이의 이런 둔감함 덕분에 걱정 하나를 덜 수 있었다.

뜬눈으로 밤을 지새우고, 다음 날 우리는 기본적인 검진을 위해 아기 고양이를 병원에 데려가기로 했다. 집을 나서기 전에 급히 이름을 정하려 하니, 배만 하얗고 나머지는 다 까만 모습이 김밥 같아서 '김밥'은 어떨까 했다. 하지만 그

보다 더 부르기 쉬운 이름을 이것저것 궁리하다, 툭 던지듯 "오니기리는 어때?"라고 한 것이 지금의 이름이 되었다(이럴 줄 알았더라면 더 신중하게 고민할 걸 그랬다). 이렇게 우리에게 온 오니기리는 우리와 함께 지내며 쉬어버린 목도, 영양실조도 이겨내고 더없이 사랑받는 둘째가 되었다.

어떻게 이 두 고양이와 내가 함께 살게 된 걸까? 때때로 스스로에게 이런 질문을 던져보곤 한다. 우엉이를, 오니기리를 만나지 못했다면 과연 내 삶은 지금 어떤 모습일까? 만약 우엉이 말고 다른 고양이를 더 찾아보았더라면? 내가 그날 공원을 가지 않았더라면? 조금 더 늦거나 빨리 역 근처를 지나갔다면? 사실 이제는 전혀 상상조차 되지 않는다. 이 두 고양이가 내 곁에 있는 것 말고는 다른 삶을 떠올릴 수 없게 되었다. 우리의 인연은 나날이 점점 더 단단하게 이어져갔다. 그리고 지금은 아주 긴밀하고도 소중한 관계가 되었다. 6년 전, 5년 전의 그날을 떠올리며 나는 가끔씩 우엉이, 오니기리에게 속삭이곤 한다.

"있잖아, 내게 와줘서 진심으로 고마워."

Chapter 2

한껏 무심하고
한없이 다정한

춤을 추는 듯한 고양이들의 몸짓,
이것의 실상은 —

잡아라~

알고 보면 장난감으로 신나게 뛰노는 중!

⤳ 하나 아니고 둘

우리 집엔 고양이가 '둘' 있다.

분명 둘인데...

어느새인가 오니기리는
흔적도 없이 사라지고,

날 좀 보세요

우엉이는 눈에 띄는 장소에
떡하니 자리 잡는다.

봤다!

그리고 그분이 떠나시고 나면

언제 그랬냐는 듯 평온한 모습으로
어디선가 오니거리가 나타난다.

저 사람은 누구지?
몰라. 나 무서워, 형아.

애가 언제 이렇게 커졌지?

🐾 우엉이의 애정 표현

사람들은 보통 고양이들이 시크하고
애교가 많지 않다고 생각하지만

← 물론 애는
대놓고 사랑 넘치는
타입.

꾹 꾹

나의 경험에 의하면,
절대로 그렇지 않다.

뿍우우~

웃차

심드렁해 보이는 우엉이도
사실 알고 보면 사랑이 넘친다.

우리가 집 안 어디에 있든
우엉이는 늘 주변을 맴돈다.

서로 보이지 않는 실로 연결되어
있는 듯 —

우엉이는 조금 떨어져
결을 지켜준다.

적극적으로 눈에 띄게 사랑을 표현하지
않을 뿐, 애정의 크기는 상상 이상
일지도 모른다.

언제 어디서나 가만히 바라보는
우엉이의 사랑법.

졸려도 엄마 보이는 데 가 있어야지.

아마 고양이를 잘 모르는 사람들은
고양이는 '야옹'하고 운다고 생각할 텐데
실제로 울음소리는 생각보다 다채롭다.

예를 들어, 오니가리는 —

오와아
아약~

❈ 해석 : 잘 잤어요?

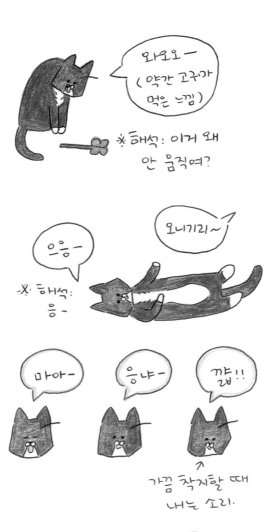

ー 등등, 정말 다양한 말을 한다.

그리고 우엉이도 마찬가지로
자신만의 언어가 있다.

우엉끼리와 함께하다 보니
각각의 말이 무슨 뜻인지 알 수 있게 되었다.

고양이들은 사람과 소통하기 위해
말을 하는 것이라고 한다.

생각해보면 참 신기하고 고마운 일.
앞으로도 계속 우리와 이야기를 나눠주었으면
좋겠다.

∿ 좋아아 싫어

좋고 싫음의 의사표현이 확실한 고양이들.
손길을 어디까지 허락해주는가 하면,

〈우엉〉

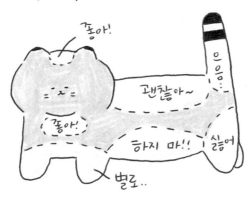

우엉이는 조금 주의가 필요하다.
대체로 만지는걸 좋아하진 않지만,
이마와 턱은 오케이~!

그렇다면 오니기리는…

< 오니기리 >

사실상 구분이 무의미한 오니기리는
그저 쓰다듬어준다면 다 좋은
최고의 순둥이~!

캣그라스

우엉기르를 위해 나는 종종 캣그라스를
심곤 한다. 캣그라스란, 고양이의 헤어볼에
도움이 되는 거리, 보리 등의 싹인데
역시나 모든 고양이가 먹는 것은 아니다.

키우는 방법 난이도: ☆

화분에 흙을   씨앗을 골고루   다시 흙을 덮고
적당히 채우고,   뿌린 다음,   물을 준다.

← 요새는 밥그릇 옆에.

적당한 곳에 놓아두면—

아주 잘 자라 있다.
(해가 드는 곳, 그늘진 곳 모두 두어봤는데,
어디에 두어도 정말 잘 자랐다.)

오니는 이미 스스로 찾아내서 시식 중~
신나게 뜯고, 맛보고 있었다.

자고 일어나서 가장 먼저 먹는
것도 무려 캣그라쓰!

우엉이도 좀 먹어줬으면 하는 마음에
슬쩍 권유를 해봐도,

킁킁

건강한 맛!!

우엉아,
어때?!

투퉤

고기가 아니잖아!!

풀이 좋은 동생과, 육식에 충실한 형.
각자의 취향을 확고했다.

옷 입는 고양이

사실 그림으로는 표현하지 않았지만
우엉이는 대체로 옷을 입고 있다.

선물받은
야자수 우늬 옷

꿀벌 옷

(날개도
달렸다.)

후드 집업

겨울 니트

처음 옷을 입었을 때부터, 타고난 둔한
성격 때문인지 우엉이는 옷에 대한
거부감이 전혀 없었다.

고양이로선 정말 드문 일이었다.
보통은 어색한 느낌에 고장난
로봇처럼 걷거나, 곧바로 벗어버리거나,

그대로 굳어버리는 경우도 많으니까.

그렇지만 우엉이는 심지어 이런 모습으로
다니기도 했다.

벗겨진 옷을 몸에 매달고
다니면서도 우엉이는 그 사실을
모르고 있는 듯했다.

그런 우엉이를 보면서 나는
이런 상상을 하기도 했다.

그러다 보니 우엉이는 어느새 옷을
입고 있는 것이 자연스러운 고양이가 되었다.

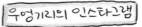

고양이 세계의 패셔니스타를 꿈꾸며-
우엉이의 옷 입기는 앞으로도 쭉~!

역시 난 뭐든 잘 어울려~.

~ 발바닥

우영   오니기리

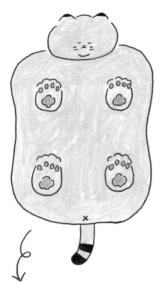 

모두 포도색 젤리 발바닥.
분홍색 발바닥 겉에
포도색 막을 씌운 듯한
반투명한 느낌!

포도+딸기우유색 반반.
왼쪽 뒷발은 유일한
'올핑크' 젤리 발바닥!

고양이들의 발바닥은 마치 말랑말랑한
젤리 같다.

↑ 앞발   뒷발 ↖

저마다 색은 조금씩 다르지만,

딸기🍓   포도🍇   혼합❓

달콤한 곰돌이 젤리를 닮은
고양이의 발바닥 모두 —
똑같이 사랑스럽다.

두 얼굴의 우엉

우엉이에겐 귀여운 얼굴 뒤에
숨겨진 또다른 면모가 있다.

← 사악한(?)
우엉

귀여워..

줄까 줄까?

꾹꾹?

누구에게나 사랑받는 귀염둥이
우엉이가,

때론 포악하게 변한다는 걸
다른 사람들이 알 리가 없다.

어떨 때냐면, 잠자는 우엉이의
배털을 만지게 될 때.

아야..

따흑... 아파..

배텼을 건드린 거묘, 돈에는
순식간에 흔적이 남눈다.
↳ 혹은 피값..

하앙..

그러니 귀여운 우영이만 보고 싶다면,
절대로 그늘 건드려선 안 된다.

이렇게 순하게만 보여도...

알고 보면 나도 꽤 무섭다고, 크와아아앙~~!

ㅇ 옆모습

오니기리

또ㄴ

렷ㅅ

우엉

당

ㄱㄹ

닮은 곳은 없지만, 그래도 우리는 형제!

오니기리의 네일샵

내 매력 포인트는 여기~!

오늘도 열심히 손톱 긁긁!

ᰊ 고양이니까2

편안한 소파 스크래쳐가 있지만,

우엉이는 그냥 바깥에 걸터앉고 싶다.

난 이게 편한걸. 진짜라니까, 꿍.

오니기리의 옷장

홋, 까만 턱시도! 오늘도 잘생겼군.

~ 털결의 신비

오니기리는 유난히 매끄럽고
윤기나는 털을 지녔다.

저요?

까맣고

반질반질~

약간
광이 난다.

확대 상상도

차르르~

오니기리가 사랑이였다면
샴푸 광고 모델쯤 되려나?

반면 우엉이는 부드럽지만
뭔가 부숭부숭한 느낌.

털도 더
많이 빠짐.

더 극단적으로 얘기하자면,
오나기는 도자기, 우엉이는 곰인형 같다.
(체형도 딱이다!)

북실

매   끈~   북실

↖유약 바름.

종에서 오는 차이도 있겠지만 사람도
그렇듯 고양이의 털 결도 천차만별이다.

↑장모

스핑크스
(털이 없다..!)

실은 털이 이렇든 저렇든 전혀
상관없다. 내 눈에는 하나같이
귀여운 천사들이니까!

다 좋아♡

촉촉 vs 바삭

고양이들도 취향 따라 입맛은 천지차이.

| 촉촉파 |

닭가슴살, 연어캔, 츄르.. 촉촉이 최고야!

| 바삭파 |

오도독 씹는 맛이 중요해! 바삭이 최고야!

각자 취향대로 냠냠, 뇸뇸.

꼬리의 비밀

짜잔!

우엉이는
짧고 통통~

사람에게건 없지만 고양이들에게건 있는
그것, 꼬리ㅡ!

깜짝!

불쑥!

가만히 보고 있으면 이 꼬리라는 것이
참 신기하다.

기분
좋음.

까딱   까딱

흥미로움

유연하고 자유자재로 움직이는 꼬리로
고양이들은 감정을 드러낸다.

꼬리란
왠지 손 인형 같달까..!

살랑   살랑

가끔은 꼬리가 마치 제2의 생명체
처럼 보이기도 하는데,

스윽

↑ 자고 있음

흔들

↑ 여전히 자는중

주욱

우엉거리는 자고 있는데 꼬리만 제멋대로
움직이고 있을 때가 특히 그렇다.

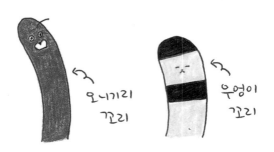

↖ 오니거리
꼬리

↖ 우엉이
꼬리

알고 보면 꼬리에 숨겨진 비밀이
있는 것은 아닐까?

길고 짧은 것은 대봐야 알지!

그림자 러버

우엉이의 놀이법에는 조금 남다른 면이 있다.

보통은 이렇게 반응하는데,

우엉이는 그림자를 쳐다본다. 그리고..

파밧

쌩

그림자 놀이!!

역시 독특한 취향의 우엉이.

৵৵ 일광욕

오냐기리에겐 귀여운 취미가
하나 있다.

← 같이 자고 같이 일어남.

바로 매일 아침 일어나
일광욕을 하는 것!

창가의 캣타워 위에 드러누워
한참 동안 햇살을 만끽한다.

그 모습은 꽤 행복해 보인다.

털이까마는 오니기리는 햇빛을
흡수해 마치 난로 같다.

그걸 때 보면 일광욕이 아닌
태닝을 하는 건가 싶기도 하다.

3단 변신

짜자란!!

치얼스!

오너거리에게 매일이 따뜻한
하루였으면 좋겠다.

햇살이 따뜻하니 녹는다, 녹아.

나른한 오후구나, 더 잘까?

위로의 존재

하루 종일 고양이들과 함께 생활하는 나에겐, 언젠가부터 나의 시야 안에 고양이들이 있는 것이 아주 자연스럽고 당연한 일이 되었다. 밥을 먹거나, 일을 하거나, 심지어는 잠을 잘 때에도 근처에는 항상 우엉이, 그리고 오니기리가 있다.

잠을 자다 깼을 때에는 꼭 바로 옆에 오니기리가 내 베개를 함께 나눠 베거나, 내 팔 한쪽에 머리를 대고 품에 안겨 자고 있다. 그러면 나는 가만히 팔에 닿은 부드러운 털과 따끈따끈해진 가슴께를 느껴보곤 한다. 대체 오니기리는 어느 틈에 소리 없이 다가와 천연덕스러운 모습으로 누워 있는 것인지, 그저 신기할 따름이다.

고개를 돌려 바라본 오니기리의 얼굴에는 평화가 내려앉아 있다. 나의 품 안에서 이 고양이는 모든 것을 내게 맡긴

채 안락함을 느끼는 듯하다. 이렇게 몇 년의 시간이 흐르고 나니, 이제는 도리어 내가 오니기리의 이런 모습에 익숙해져 버렸다. 안도감과 안락함을 느끼는 쪽은 나였다. 눈을 뜨는 순간, 옆에 따스하고 묵직한 촉감이 느껴지지 않을 때면 괜스레 밀려오는 허전함을 감출 수 없다. 내가 오니기리를 길들였다고 생각했는데, 아무래도 오니기리가 날 길들인 것 같다. 어쩌면 서로가 서로에게 맞춰져 가는 건지도 모르겠다.

어느 날, 소파에 앉아 있는 내게 우엉이가 슬며시 다가와 고르릉거리는 목소리로 불렀다. 커다랗고 까만 눈동자가 나를 똑바로 응시한 채 다시 한번 무엇인가를 말했다. 그리고 마치 나의 마음을 다 이해한다는 듯한 눈빛으로 천천히 걸어오더니 오동통하고 작은 발로 내게 힘껏 꾹꾹이를 하기 시작했다.

왼발, 오른발 번갈아가며 말랑말랑한 발바닥으로 꾹꾹 누를 때마다 묵직한 느낌이 전해졌다. 늘 그렇듯이 우엉이는 점점 더 가까이 얼굴과 얼굴을 마주보는 자세로 다가와, 납작한 제 얼굴을 비비며 나의 목으로 파고들었다. 순간 픽 웃음이 새어 나왔다. 너무 지쳐서 무엇도 하고 싶지 않던 그런

날이었다. 너덜너덜해진 마음으로 팔다리를 축 늘어뜨린 채 소파에 무기력하게 겨우 기대앉아 있을 뿐이었다. 그런 내 마음을 알아챈 것일까? 우엉이는 자신이 할 수 있는 방법으로 나를 위로해주었다.

설령 의도는 그것이 아니었다고 해도 괜찮았다. 우엉이의 둥그런 뒤통수를 몇 번 쓰다듬고 나니 기분이 놀랍도록 나아졌으니까. 그리고 이에 질세라 오니기리도 슬그머니 나의 무릎 위에 올라와 앉았다. 찰싹 달라붙은 두 마리의 고양이에게 내가 완벽하게 포위된 모양새였다. 이렇게 곁에 옹기종기 모여 있는 둘을 보니 그저 웃을 수밖에 없었다. 마음이 사르르 녹아내렸다. 그리고 내가 웃는 이유를 아는지 모르는지 우엉이와 오니기리는 천하태평, 이쯤이야 별일도 아니라는 듯한 표정을 지었다.

매일 나는 오니기리에게로 다가가 하얀 배에 얼굴을 파묻고 쿵쿵 냄새를 맡아본다. 그러면 신기하게도 포근한 이불 같기도 하고 아련하기도 한 기분 좋은 향기가 난다. 심장 근처에 귀를 가만히 대고 콩콩콩 뛰고 있는 작은 심장 소리를 들어보기도 한다. 그리고 뒹굴고 있는 우엉이의 곁에 쭈

그리고 앉아 턱을 긁어주고 볼살을 조물조물 만져본다. 이 대단치도 않은 일들이 나를 얼마나 행복하게 만들어주는 지! 절대 잊어서는 안 되는 중요한 의식처럼 자꾸만 반복하게 된다.

때때로 사람들은 크게 착각하기도 한다. 우리가 반려 고양이에게 일방적으로 아주 많은 것을 나누어주고 있다고. 물론 어느 정도 맞는 말이기는 하다. 고양이들에게 아늑한 공간과 맛있는 음식과 장난감을 제공하니까. 하지만 우리가 가장 중요한 것을 놓치고 있지는 않을까? 바로 눈에 보이지 않는 것들, 고양이들이 보여주는 무한대의 애정과 신뢰 같은 것들을 말이다. 언제나 기꺼이 자신의 전부를 나에게 내맡긴, 알고 보면 더없이 따스한 위로의 존재들. 다른 이들도 그러하겠지만 자신도 모르는 사이에 나는 늘 우엉이와 오니기리에게 나의 매일을 치유받고 있었다.

Chapter 3

우엉이와 오니기리, 함께한다는 것

작아져라

그양이들에게 인간이란 얼마나
커다란 존재일까?

우리가 기린이나 코끼리를 보는
듯한 거대함일까?

고작 무릎 정도 ⸱ ⸱ ⸱ ⸱ ⸱ ⸱ ⸱

자그마한 이 존재에게는

우리가 부담스러울지도 모르겠다.

내 나름의 추측으로는, 우영인
(자기 시선에서) 내가 작아지는 것을
좋아한다.

털썩

이렇게 내가 누우면,

엄마랑

키가 비슷해!!

더 친근하게 느껴지는 건지
그때부터 우엉이는 신이 난다.

으응? 무슨 일이지?

궁금한 건 참을 수 없어.

동생의 마음

오니기리는 아기 때부터 한결같은
'형아 바라기' 였다.

불쑥!

우엉이는 자느라
정신없어서 뒤에
동생이 온 줄도 모름.

푹신해♡

우엉이가 있는 곳에는 어김없이
오니기리가 나타났다.

오니기리가 다 큰 뒤에도
마찬가지였다.

하지만 훈훈해진 나의 마음과는 달리,

그 모습은 그리 오래가지 못했다.

그래도 오니기리에겐 절대 포기란 없다.
(좋은 건지 나쁜 건지‥ㅇ)

형아는 내 거야.

커다랗고 푹신푹신해~.

장난감 러버

이사표현이 참 확실한 오나기리.
그런 오나기리가 매일 요구하는 것이 있다.

바로- 장난감 놀이!!

오니기리는 장난감을 던져주면 신이
나서 재빠르게 달려가
그것을 물어 오는데,

꼭 내 앞에 다시 가져다 놓는다.
(그것도 닿을락 말락한 거리에..)

마아 아 아~

탁!

애매한
거리

오니기리~
또 해줘..
?

그리고 무한 반복!
오늘도 장난감 러버는 지치지 않는다.
지치는 것은 오직 집사뿐..!

이얍! 잡았다!

내일도 신나게 놀아야지.

우엉이의 머릿속을 들여다본다면,

아마 이럴 것 같다.
온통 먹을것 생각으로 가득 찬
우엉이의 머릿속.

그리고 오니기리는,

우엉이 보다는 바쁜 어린속일 것 같다.
좋은 것도, 싫은 것도, 궁금한 것도
참 많은 오니기리.

음냐 음냐...

엄마 아빠는 어디 갔을까?

ꙹ 벌레 잡기

다른 건 몰라도 우엉이는 벌레를
정말 잘 발견한다.

가가각

채터링: 사냥감 등을
발견했을 때 내는 소리.

이때는 우엉이가 유일하게 채터링을
하는 순간이기도 하다.

날파리

가
각

막

아니 저걸
어떻게 봤대
..? 안 보여..

하지만 발견만 잘하지
잡는 데엔 영 소질이 없다.

사실 그건 나도 마찬가지.
우리는 보스(흥)에게 S.O.S 요청을 한다.

천만다행으로, 집에는 벌레가 거의
나타나지 않지만 상황은 매번
같은 패턴으로 마무리된다.

우엉아,
그건 그냥 바
닥에 있는 얼룩
이야..

가
각

각각

← 검은 얼룩

?

벌레는 싫지만 감시라도 우엉이가
즐거웠다면 그걸로 됐다.
하지만 자주는 보지 말자 벌레야..

지 — 익...

지 — 익...   ?!

어두운 밤, 어디선가 들려오는
의문의 소리.

소리의 주인공은 바로 오니기리였다.
놀고 싶다며 물고 온 낚싯대 장난감이
끌리며 '지익-' 하는 소리가 난 것이였다.

전송 오류

서랍 속 비밀 장소

한때 우리 집에는 이런 서랍장이 있었다.

← 양말, 잠옷 등등을
넣어둠

오니기리는 내가 서랍을 여닫을 때마다
관심을 보이곤 했는데,

그러던 어느 날, 오니기리가
사라진 것이었다.

그러다 갑자기 서랍장이
머릿속에 떠올랐다.

그랬다. 서랍을 열자 오니기리가
나타났다. 그것도 잠도 덜 깬채로..

그 후로 몰래 지켜봤더니
오니기리는 서랍을 낮잠 자는 장소로
쓰고 있었다.

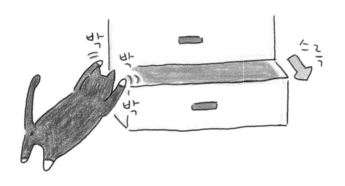

사랑도 가끔 혼자 있는 시간이
필요하듯 고양이들도 마찬가지인지도 모른다.

폭신하고 아늑한 이런 공간이 네 맘에 든다면,

후암~

언제든지 혼자만의 비밀 장소로 써도
괜찮아, 오니기리야!

역시 아늑해서 마음에 들어.

우엉 덫 만들기

난이도 : ⭐

1. 박스를 준비한다. (이왕이면 새것으로!)
2. 5분 정도 기다린다.

5분 뒤

← 제 발로 들어 갔으나 항상 억울한 표정.

3. '내가 왜 여기 있지..?' 라는 듯한 표정의 우엉이가 안에 앉아 있다.

4. (허무하게) 우엉 덫 완성!

응? 내가 왜 여기에...?

꼭꼭 숨어라 1

꼭꼭 숨어라 2

가끔은 정말로 오니기리가 안 보일 때가 있다.

오니기리가 좋아 하는 담요

휴우 ~
좀 쉬어볼까?

으악!!!
깜짝이야!

모르고 위에 앉을 뻔했다..!

자다깸

엎드려 있으면 흰 배가 가려져 감쪽같다.
(거기에 눈 감고, 그개까지 숙이면 완벽한 보호색!)

찾는 것도 잘해요

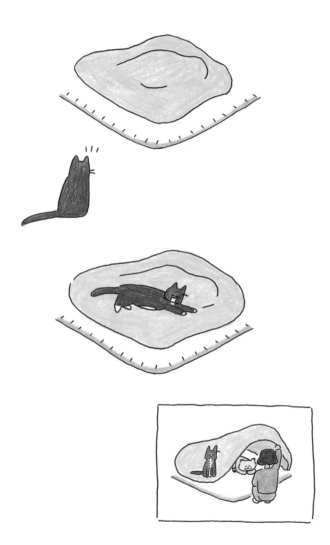

운동은 이렇게

우엉기리와 함께 운동을!

우선, 우엉기리 중 가까이 있는
냥이를 안아 올리고 -

덥

썩

이 얍
좌
라
와아!!

우엉기지와 장난감으로 놀아주다 보면

신기한 사실을 하나 깨닫게 된다.

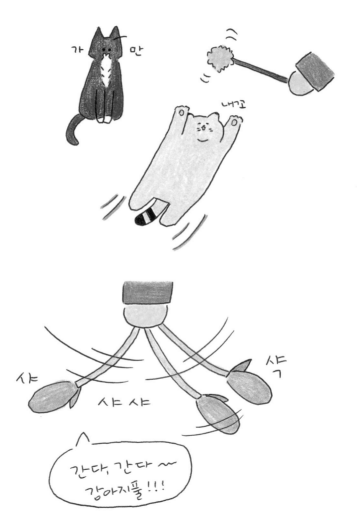

둘은 같이 신났다가도, 꼭 차례를
양보하듯 번갈아 장난감을
가지고 노는데 —

그 모습이 마치 전래동화에 나오는
우애 깊은 형제의 모습 같다.

그래서 놀이 시간은 언제나 공평하고
사이좋게 보낼 수 있다.

여기에 이렇게 손을 쑥 넣어봐!

피리 부는 사나이

밖에서도 이어지는 행렬.

그에겐 뭔가 특별한 것이 있는지도―.

⠶ 로또 당첨

자주 그런 생각을 한다.
우영이도 꼬랑지만, 정말 오가기는
우리 집에 굴러들어온 복덩이 같다는 생각.

데구르르 ~

과연 이런 고양이가 또
어디 있을까 싶다.

이유인즉슨, 우선 놀랍도록 순하다.

널 낚아 채겠어

= 킁실

킁실

장난감을 가지고 놀 땐 본능에 충실하지만,

쓰담

쓰담

주물럭

주물

아무리 만지고 귀찮게 굴어도 할퀴거나 물기는커녕 가만히 몸을 맡긴다.

심지어는 하악질도 할 줄 모른다.
(여태껏 한 번도 보지 못했다.)

입이 심심해쪙

아이구~
왜 그랬쪄~

살면서 했던 가장 큰 저지레는
그작 박스와 식물 뜯기.

애교는 또 엄청나게 많아서,

아이구

예뻐라 ~♡

무릎냥이

이 정도는 기본인 오니기리.

그러니 오너기지를 두고 흔히 내가
'로또'에 당첨되었다고 하는 것도
틀린 말은 아닐 것이다.

우엉이도 오니기리도 우리에겐
1억 분의 일, 아니 100억 분의 일
확률로 이어진 소중한 인연.

형아, 우리 앞으로도 잘 지내자.
응.

형아, 형아~!

그래그래, 잘 지내자구.

특별한 매일

여느 때와 다름없이 흘러가는 것처럼 보이는 평범한 하루에도, 가만히 바라보면 반짝이는 순간이 몇 번이고 스쳐간다. 오후의 볕이 집 안을 온통 따스하게 감싸던 그날도 그랬다.

언뜻 보면 어제와 같은 오늘이었다. 오후 두 시 즈음, 거실로 나와보니 활짝 젖혀놓은 커튼 사이로 햇살이 길게 내리쬐고 있었다. 그 덕에, 바깥은 분명 꽃샘추위로 목을 움츠리게 될 쌀쌀한 날씨임에도 불구하고 거실은 꽤나 후덥지근했다. 나는 커피를 마시기 위해 뜨거운 물을 끓이다가 문득 그 소리가 귓가에 크게 들려온다는 사실을 깨달았다.

거실 벽 한편에 걸어둔 CD는 이미 빙글빙글 돌아가는 것을 멈춘 지 오래였다. 오늘은 내가 좋아하는 재즈 앨범 〈더 문 앤 더 본파이어스(The moon and the bonfires)〉를 틀어놓았

었는데, 작업에 집중을 하다 보니 음악이 끝난 것도 전혀 모르고 있었다. CDP 바로 옆, 2인용 소파 위에는 우엉이와 오니기리가 서로 몸을 맞댄 채 낮잠을 자고 있다. 정적이 흐르는 고요한 순간이었다.

나는 고양이들의 달콤한 낮잠을 방해하고 싶지 않아 까치발을 들고 살금살금 계단을 향해 걸어갔다. 그러곤 계단에 살짝 걸터앉아 눈앞의 풍경을 물끄러미 바라보았다. 눈을 감고서도 작은 부분까지 놓치지 않고 그려낼 수 있는 익숙한 우리 집 거실.

그러나 나는 커피를 호로록 들이키며 이 공간이 평소와 어딘가 다르다는 생각을 했다. 왜일까? 창가의 화분도, 바닥에 늘어놓은 몇 권의 책도, 벽에 붙여둔 엽서들도 며칠째 그대로인데, 어째서일까? 그러자 그건 너의 착각이라는 듯 갑자기 냉장고가 윙윙대는 소리를 냈다. 나도 내가 우스웠다. 커피나 마저 마시고, 밀린 일을 해치워야겠다고 생각했다.

커피는 이제 반쯤 남았다. 나는 잠시 홀린 듯 햇살에 비추인 채 일렁이는 먼지를 (혹은 우엉이나 오니기리의 털이었을지도 모른다) 멍하니 쳐다보고 나서 거실의 왼쪽 끄트머리에 시선을 다시 던졌다. 이제는 제법 비슷해진 덩치의 두 고양이는 서로에게 기대어 여전히 잠들어 있었다.

우엉이와 오니기리의 둥근 등과 이마 위에 샛노란 빛이 내려앉아 있다. 생각해보면 둘이 저렇게 딱 붙어서 자는 일이 아주 흔한 경우는 아니었다. 그런데 지금은 마치 한 몸처럼 황금빛으로 물들어갔다. 그 모습이 묘하게 신비롭기도 하고 사랑스럽기도 해서 조금 더 가까이 다가가 둘을 살펴보았다. 어쩐지 두 고양이가 입가에 미소를 띠고 있는 것 같았다.

아주아주 포근하고, 따뜻해 보였다. 그제야 나는 깨달았다. 어제와 오늘이 다른 이유를, 이 순간이 특별하다 생각되는 의미를. 그건 이 두 마리의 고양이, 우엉이와 오니기리의 존재 때문이었다. 우엉이와 오니기리가 멈춰 있는 공간에 생기를 불어넣었고, 거실을 전혀 다른 장소로 만들어주었다. 두 고양이가 조용히 잠들어 있을 뿐인데도, 사물들이, 화분과 이젤이, 테이블과 거울과 책과 컵이 일제히 살아나 넘실대는 하얗고 노란 파도와 함께 춤을 추는 듯했다. 마치 마법 같은 황홀한 풍경이었다.

대체 고양이들이란 어떤 존재이길래. 이 자그마한 두 녀

석이 나의 평범한 하루를 특별한 순간으로 만들어주었다. 진심으로 고마웠다. 우엉이, 오니기리가 내게 온 뒤부터 그들이 아니었다면 느끼지 못했을 일상의 작은 행복들을 마주하게 되었다.

　오늘은 오늘뿐이기에, 지금 내 눈앞의 모든 풍경이 더욱 아름답고 소중하게 느껴졌다. 빈 잔을 테이블에 내려놓고, 나는 두 팔을 벌려 우엉이와 오니기리를 품에 껴안았다. 부드러운 털이 볼을 간지럽혔지만 그래도 좋았다. 조금 더 가까이, 깍지 낀 손에 힘을 주어 둘을 끌어안았다. 나의 마음이 우엉이에게, 오니기리에게 가 닿기를 바라며.

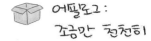

에필로그 :
조금만 천천히

고양이의 시간은 나의 시간과 다른 속도를 지녔다. 고양이에게 주어진 삶의 시간은 나보다 훨씬 더 짧은데, 그마저도 아주 빠르게 흘러가 버린다. 고작 주먹 두 개만 하던 자그마한 나의 우엉이와 오니기리가 언제 이렇게 자란 걸까? 어느새 우엉이가 여섯 살, 오니기리가 다섯 살이 되었다. 인터넷상에서 보니 고양이가 여섯 살이면 사람 나이로는 마흔이고, 다섯 살이면 서른여섯 정도 된다고 했다. 그렇다면 이미 둘은 나보다도 나이가 많아진 것이다. 어쩐지 그 사실을 인정하고 싶지 않은 마음에 서둘러 핸드폰 화면을 꺼버렸다. 무엇이 들어 있는지 알고 있지만 애써 외면하고 있던 판도라의 상자를 어쩌다 열어버린 느낌이었다. 나는 이렇게 하면 그 말이 기억에서 지워지거나, 사실이 아닌 것이 되기라도 하듯 우엉이와 오니기리에게 다가가 속삭였다.

"마흔이라니 대체 이게 웬 말이야. 예전이나 지금이나 똑같이 작고 귀여운 아기 고양이들인데!"

부드러운 등을 쓰다듬으며 혼잣말을 중얼거리자 우엉이와 오니기리는 유리알처럼 투명한 눈으로 이상하다는 듯 빤히 나를 쳐다보았다. 반짝이는 이 눈동자들을 마주하면 마음이 사르르 녹아 무장해제가 되고 만다. 번갈아 둘을 바라보던 나는 잠시 눈을 감았다. 굳이 눈을 뜨지 않아도 우엉이와 오니기리의 모습을 쉽게 떠올릴 수 있었다. 우엉이의 둥근 얼굴과 통통한 발, 오니기리의 날렵한 얼굴과 새하얀 배, 그리고 서로 다른 털의 느낌, 보송한 털이 있는 귀 끝에서부터 둥근 등을 거쳐 유연하게 움직이는 꼬리의 끝까지. 천천히 감았던 눈을 뜨니 머릿속에서 그려보았던 나의 고양이들이 방금 전 모습 그대로 손끝에 닿을 듯이 누워 있었다. 가슴속으로 묵직한 안도감이 밀려왔다.

목소리는 물론이고 오도독거리며 사료 씹는 소리만 들어도 나는 우엉과 오니기리 둘 중 누구인지 바로 알 수 있다.

각자가 좋아하는 장난감이나 간식, 사소한 취향과 작은 습관까지도 하나하나 짚어가며 이야기할 수 있다. 우엉이는 어딘가에 몸을 걸치고 있기를 좋아해 바닥에 둔 책이나 문턱을 찾아다니고, 물을 마실 때는 꼭 그릇의 끄트머리를 할짝거리고, 대문 밖에서 들려오는 우리 발소리를 알아챈다. 오니기리는 내리쬐는 햇살을 받으며 창가에 누워있을 때 정말 행복해하고, 그루밍을 한 뒤에 혀를 집어넣는 것을 가끔 깜빡하며, 자고 일어나면 우리에게 유난히 하고픈 말이 많다. 함께하는 시간만큼 우리는 서로를 더 깊이 알아간다. 점점 더 가까워지고 믿음 또한 굳건해지는 것을 느낀다. 우엉이와 오니기리를 향한 나의 애정은 끝 모르고 깊어만 간다.

이렇게 매일을 함께하는데도 마음 한구석에 아쉬움과 슬픔이 자리하고 있는 이유가 뭘까? 아무리 애를 써도 결국엔 나와 다른 속도로 흐르는 그들의 시간을 절대 붙들 수 없다는 사실 때문이리라. 우리는 내가 이십 대일 때 처음 만났고, 이제는 삼십 대가 된 나와 중년을 향해 가는 우엉이와 오니기리가 있다. 시간이 더 흘러 할아버지가 된 우엉이와 오니기리를 마주할 날도 결코 피할 수 없을 것이다. 물론 언젠간

필연적인 헤어짐이 온다는 것을 너무나도 잘 안다. 그럼에도 불구하고 때로는 간절히, 우엉이와 오니기리의 시간을 붙잡아두고 싶다. 나의 시간을 나누어주고도 싶다. 그저 조금만, 조금만 천천히 흘러가기를, 내 곁에 오래도록 머물러주기를 바랄 뿐이다. 그 '언젠가'가 오기 전까지 우리는 변함없이 함께일 테니까, 슬픔보단 지금의 기쁨과 행복을 온전히 누리기로 다짐하며.